ЛУЧШАЯ КНИГА МАЛЫШАМ

ООО «ИКД-Кредо»
2021
кредо

ББК 82.3(0)-442.06
Л 69

Л 69 Лучшая книга малышам. — К.: «ИКД-Кредо», 2021. — 128с., цв. ил.

ISBN 978-617-663-927-5
ISBN 978-966-469-144-1 — подар.

ББК 82.3(0)-442.06

ISBN 978-617-663-927-5
ISBN 978-966-469-144-1 — подар.

Літературно-художнє видання
для дошкільного та молодшого шкільного віку

Серія «Улюблені казки»

ТОВ «ВКБ-КРЕДО»

Художнє оформлення: ТОВ «ВКБ-Кредо»
Редактор Д. Солошенко

www.kredo.net.ua

Реалізація: м. Київ, +38(044) 464-49-46,
zakaz@kredo.net.ua

Підписано до друку 19.04.2021.
Формат 84x108/16. Папір офсетний.
Друк офсетний. Гарнітура «Прагматика».
Наклад: 3200 прим.

Термін придатності необмежений.

Виготовлено відповідно
до СОУ 18.1-02477019-11:2014 «Поліграфія.
Видання для дітей. Загальні технічні умови»

ТОВ «ВКБ-Кредо».
Україна, 04655, м. Київ, вул. Вербова, б.17.

Литературно-художественное издание
для дошкольного и младшего школьного возраста

Серия «Любимые сказки»

ООО «ИКД-КРЕДО»

Художественное оформление: ООО «ИКД-Кредо»
Редактор Д. Солошенко

www.belfortuna.ru

Импортёр в ТС — ООО «Фортуна».
РФ, 308009, г. Белгород,
ул. Коммунальная, д. 2, оф. 8.

Подписано в печать 19.04.2021.
Формат 84x108/16. Бумага офсетная.
Печать офсетная. Гарнитура «Прагматика».
Тираж: 3200 экз.

Срок годности не ограничен.

Соответствует требованиям ТР ТС 007/2011
«О безопасности продукции, предназначенной
для детей и подростков»

ООО «ИКД-Кредо».
Украина, 04655, г. Киев, ул. Вербовая, д.17.

Елена Запорожец-Усвицкая

ВЕЖЛИВЫЕ СЛОВА

Поздоровался Илья:
«Утро доброе, друзья!»
Котик с жабкою в ответ
Говорят ему: **«Привет!»**

Пчёлка мёдом поделилась,
Для друзей не поскупилась.
Звери очень рады были,
Ей **«Спасибо!»** говорили.

Вот и время пообедать,
Разных вкусностей отведать.
Замурчала кошка Рита:
«Пр-р-риятного… аппетита!»

Бегемотик проходил,
Зайке лапку отдавил:
«**Извини** меня, косой!
Неуклюжий я такой!»

Внучка спать хотела очень:
«Бабушка, **спокойной ночи!**»
Сладенько потом зевнула,
Потянулась и уснула.

Яна Кисель

ВЕСЁЛЫЙ СЧЁТ

1

Козлик учится считать:
— Ох, с чего бы мне начать?
— Один ротик, один носик,
— Один хвостик... Один козлик!

2

Утка с утёнком немножко устали,
Ведь два часа они вместе ныряли!
Вот две минутки сейчас отдохнут,
И снова вдвоём здесь купаться начнут!

2

3

Повстречались три медведя,
Сладкоежки, три соседа.
Мёд лесной они искали.
На деревья залезали.

4

Четыре зайчика гуляют
И хворост дружно собирают.
Четыре связки наберут
И в норку к маме отнесут!

4

5

Пятеро друзей-ежат
Вместе к ужину спешат.
Пять тарелок притащили,
А кастрюлю позабыли.

6

В лесу резвятся и шумят
Шесть хитрых маленьких лисят.
Шесть рыжих огоньков сверкают —
Шесть хвостиков в траве мелькают.

6

7

Семь хорошеньких котят
На прогулку вышли в сад.
Но спокойно не сидят
Непоседы — семь котят.

8

Всё вокруг узнать хотят
Восемь жёлтеньких цыплят.
Восемь шариков пушистых,
Восемь крошек золотистых!

8

9

Девять мышек у пригорка
В норке делали уборку.
Сделать всё они успели,
Девять песенок пропели.

10

Зубки чистить не спешат
Десять славных лягушат.
Десять раз они пытались,
Только лишь расхохотались.

10

Елена Запорожец-Усвицкая

ВРЕМЕНА ГОДА

Из берлоги вышел мишка,
Зайцы бегают вприпрыжку,
Птички, бабочки летают,
Радостно весну встречают.

Лето жаркое царит,
В небе солнышко горит.
Греет спинку и животик
С наслажденьем рыжий котик.

Осень — девочка-плутовка —
Разбросала листья ловко.
Лис в тех листьях притаился,
В рыжем цвете растворился.

Зима не жадная совсем,
Свои снежинки дарит всем.
Бельчонок катит снежный ком,
Он на полянке строит дом.

Дед Мороз с мешком идёт,
Всем подарки раздаёт.
Собирайтесь в хоровод,
На пороге — Новый год!

Елена Запорожец-Усвицкая

ЛЕСНЫЕ ЖИВОТНЫЕ

Белка на сосне живёт,
Шишки спелые грызёт,
А орешки и грибы
Запасает для зимы.

По ночам сова летает,
Жителей лесных пугает.
У неё горят глаза,
Для мышей она — гроза.

Оленёнок вместе с мамой
Любовались панорамой.
К ним две птички прилетели
И на рожки к маме сели.

Медвежонок так устал,
Что весь день лишь только спал.
А устал он оттого,
Что не делал ничего.

Ёж грибочки собирает,
На иголки надевает,
А потом в нору несёт
И ежатам раздаёт.

Лисичка, рыжая плутовка,
Гусей и кур ворует ловко.
Собак охотничьих боится
И злого волка сторонится.

Беленький зайчишка,
Маленький трусишка.
Если вдруг услышит хруст,
Сразу прячется под куст.

У енота много дел,
За день много он успел.
Даже ёлку нарядил,
Зайца в гости пригласил.

Носик — круглый пятачок,
Хвостик — маленький крючок.
Кабанчик хоть и мал, да смел,
От волка убежать сумел.

Волчонок днём по лесу рыщет,
Добычу свежую он ищет.
А ночью, глядя на Луну,
Протяжно воет: «У-у-у!»

Полина Дзюба

Мамы и детки

— Знают ли зверята-дети,
Кто дороже всех на свете!
— Наша мама! Каждый знает, —
Нам тигрёнок отвечает.

И лисята, и зайчата,
Крошечки-птенцы, ежата
Не капризничают, знают:
Это маму огорчает.

— Ах! — олени восхитились, —
Летом белки не ленились!
Воз орехов в дом везут,
Целый год потом грызут.

К цапле уточка идёт,
К озеру утят ведёт.
Манит и цыплят вода,
Но для них она — беда.

Мама с солнышком встаёт,
Много у неё забот:
Деточек своих умыть,
Сытно, вкусно накормить.

Полина Дзюба

ПРАВИЛА БЕЗОПАСНОСТИ ДОМА

Спички, лисонька, не тронь,
Помни: в них живёт огонь.
Кто с огнём неосторожен,
У того пожар возможен.

Кто-то в двери позвонил?
Глупый зайка отворил…
В дом вошёл грабитель-волк,
Острыми зубами — щёлк!

С подоконника слезай-ка
И закрой окошко, зайка!
Говорю я не напрасно:
Это, заинька, опасно!

Осторожны будьте, дети,
С ножницами и с ножом!
Острые предметы эти
Могут ранить. Хорошо
Правила запоминайте:
С острой сталью не играйте!

«Ты зачем это, малыш,
К печке быстро так бежишь?
Котелок не тронь горячий!» —
Строго курочка кудахчет.

Полина Дзюба

ПРАВИЛА МАЛЕНЬКОГО ПЕШЕХОДА

Там, где «зебра», — ПЕРЕХОД:
Курочка цыплят ведёт.
Стоп, машины! Не спешите,
Пешеходов пропустите!

Красным светофор мигает,
Путь опасен. Мышка знает:
Свет зелёный — ехать можно,
Это выучить несложно.

Светофор зажёг свет красный.
Это значит — путь опасный!
Защитит тебя, дружок,
Безопасный островок.

Остановка. Не зевай!
Двери распахнул трамвай.
Друг за дружкой мы выходим,
Спереди его обходим.

5

Поезд едет вдоль перрона,
Пассажир спешит к вагону...
Здесь, ребята, не играйте!
Безопасность соблюдайте.

Олег Майборода

УЧИМ РАСПОРЯДОК ДНЯ

Все мы по часам живём,
С ранним солнышком встаём.
В **СЕМЬ** утра по распорядку
Дружно делаем зарядку.

12 1 2 3 4 5 6 7 8 9 10 11

После зарядки к водичке бежим,
Зубки почистить, умыться спешим.
Выпить чайку и покушать пора!
Время для завтрака — **ВОСЕМЬ** утра!

ДЕСЯТЬ утра — начинаем урок!
Многое знать должен каждый зверёк!
Пишем, считаем и песни поём.
В **ДВА** часа дня все обедать идём.

Грам

Здорово вместе с друзьями гулять:
Бегать и прыгать, с мячами играть.
Только, пожалуйста, запоминайте —
В **ШЕСТЬ** вечера к ужину не опоздайте!

Вечером звёзды на небе горят.
ДЕВЯТЬ часов показал циферблат.
Вот уже спать нам ложиться пора.
Важно режим соблюдать, детвора!

Яна Кисель

Учим цвета

Посмотрите, вот цвет красный,
До чего же он прекрасный!
Крыша красная у дома,
Платье красное у Томы.
Пёстрый, словно огонёк,
В небе красный мотылёк.
Едет красное такси:
— Эй, машина, подвези!

TAXI
ТАК-390

Ясно светит солнце летом
Нам таким приятным цветом.
Цвет оранжевый — цвет яркий,
Словно солнышко, он жаркий.
Зайку в Африку везёт
Оранжевый теплоход.
Праздничный обед у нас —
Эскимо и ананас.

Жёлтый — очень тёплый цвет!
Это солнышка привет,
Жёлтый — это цвет песка,
Серединка у цветка.
Это жёлтые утята,
Очень дружные ребята!
С мамой-уткой накупались,
В речке вдоволь нанырялись.

Две зелёные лягушки,
Две болтливые подружки,
Целый день в футбол играли,
Мяч друг другу пасовали.
Вдруг зелёный крокодил
Мячик лапками схватил
И не хочет отдавать,
Будет сам в футбол играть!

В синем море синий кит
К острову подплыть спешит.
Ведь замешкаться нельзя —
Ждут на берегу друзья.
Плещет по воде хвостом,
В синем море — его дом!
— Выпускай фонтан скорей
И порадуй им друзей!

Полина Дзюба

ЧЕЙ ЭТО ДОМИК?

В чаще сосенка растёт,
Белочка в дупле живёт.
Скачет целый день по веткам,
Раздаёт гостинцы деткам.

Птица ближе к облакам
В гнёздышке живёт.
Каждый день своим птенцам
Червячков несёт.

В поле или на пригорке
Мышка споро роет норку.
Принесёт туда она
Для мышат своих зерна.

У хозяюшки в хлеву
Кто-то плачет: «Му-му-му-у!»
Маму так зовет телёнок
Просит молока ребёнок.

Дней зимой холодных много!
У медведя дом — берлога.
Крыша есть и есть кроватка,
До весны здесь спится сладко.

Людмила Гладкая

УЧИМСЯ ГОВОРИТЬ

Свинка «Р-р-р!» сказать не может,
Ждёт, что кто-нибудь поможет.
Вместе скажем: «рыба», «рак».
Или порычим вот так: «Р-р-р!»
И старалась, и трудилась,
Говорить «Р-р-р!» научилась!
Свинка рада: «Говор-р-рю!»
Мы же слышим: «Хрю-хрю-хрю!»

Р

У коровки есть ребёнок —
Славный маленький телёнок.
Подойдём-ка мы к нему!
Скажет он нам громко: «Му-у-у!»
Громко может он мычать,
Только нас не испугать!
Ты картинку рассмотри.
Это Миша! Повтори... — Му-у-у!

Порыбачил крокодил…
Знаешь, что он наловил?
Валенок, башмак, сапог!
Рыбку лишь поймать не смог!
Ну а валенок, как дом:
Поселился кто-то в нём!
Голова видна едва,
Громко квакает: «Ква-ква!»

Рано утром мама-мышка
Испекла мышатам пышки.
Время завтрака придёт,
Как детишек позовёт?... «Пи-пи-пи!»
А послушные мышата
Лапки вымоют в ушате,
Всё до крошечки съедят,
Маму поблагодарят: «Пи-пи-пи!»

Скажет котик: «Мяу-мяу!»
Кушать просит! Понимаю!
И щенок поесть желает?
Вместо просьбы громко лает:
«Тяв-тяв-тяв!»
Молоко щенку даю.
Разольёт — ещё налью.
А котёнку дам колбаски —
Будет есть, мурлыча сказки.

СОДЕРЖАНИЕ